KB076584

은하수반
별책방

이건호 〈은하수반〉

은하수빈 별책방

발　행 | 2023년 7월 1일
저　자 | 김새슬 외 24명
펴낸이 | 한건희
펴낸곳 | 주식회사 부크크
출판등록 | 2014.07.15.(제2014-16호)
주　소 | 경기도 부천시 원미구 춘의동 202 춘의테크노파크2단지 202동 1306호
전　화 | 1670 - 8316
이메일 | info@bookk.co.kr

ISBN | 979-11-410-3410-8

www.bookk.co.kr
ⓒ 김새슬 2023

'은하수반 별책방'을 내면서

여러분들의 아홉 살 일상이 따뜻한 동시로 남길 바랍니다. 함께 둘러앉아 우리가 만든 책을 읽으며 즐겁게 웃던 순간, 교실에 돗자리를 깔고 음악을 들으며 책을 읽던 시간, 보드게임을 하며 속상하기도, 기쁘기도 했던 쉬는 시간, 우리가 함께 했던 모든 시간이 그리울 것입니다. 이 긴 프로젝트에 열심히 참여해 준 우리 반 학생들 모두에게 고마움을 전합니다.

먼 훗날 어른이 된 여러분에게 '나의 아홉 살'은 어떻게 기억될까요?

선생님의 교실에 모여 앉아 수업을 듣던 여러분 모두는 밝고 따뜻한 마음을 가진 아이들이었습니다. 앞으로 여러분들이 함께 만든 '은하수반'이라는 이름처럼, 반짝이는 별과 같이 자신을 소중하게 생각하는 사람으로 자랐으면 좋겠습니다.

친구들과 선생님의 따뜻한 추억으로 이 책이 오랫동안 간직되길 바랍니다.

2023년 7월
김새슬 선생님으로부터

엄소민 〈은하수반〉

차례

제 1부 **봄비** / 나만의 계절

제 2부 **캠핑** / 우리들의 일상

제 3부 **나무** / 우리가 느끼는 자연

제 4부 **라면** / 아홉 살의 감성

제 5부 **할머니** / 따뜻한 가족과 함께

제 6부 **은하수반** / 친구들과 함께

이설 〈노을 풍경〉

제 1부

봄비

- 나만의 계절

박수영 〈봄〉

봄비

고도윤

봄비가 말해요
개구리야 봄이 왔어
개구리가 대답해요
개굴개굴 개굴개굴

봄비가 말해요
새싹아 봄이 왔어
새싹이 대답해요
뽀드득 뽀드득

봄비가 말해요
개나리야 봄이 왔어
개나리가 대답해요
활짝 활짝

봄비가 말해요
도윤아 이제 학교가는 날이야
도윤이가 대답해요
이제는 2학년이네

몽돌

서채범

몽돌은 예뻐.

동그랗고 작고 까맣고 뚱뚱해.
거제 몽돌해수욕장에 가면 있어.

여름방학이 되면
놀러 가서 또 볼 거야.

여름

서이현

쨍쨍! 여름은 더워

대체 방학은 언제 오는거지?

방학이 빨리 오면 좋겠어
얼른 수영장도 가고 싶어

너무 더워!
수업에 집중에 안되네
아이스크림이나 먹고 싶다.

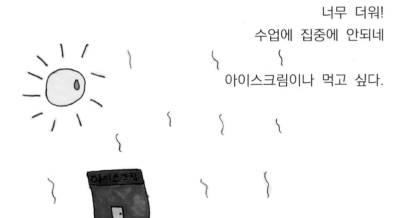

바다

김소형

바다는
첨벙첨벙
바닷물은 짜

바다에는
사람들이 엄청 많이 있어

나는
바다를 좋아해

바다 여행 갔을 때가 그리워
한번 더 가고 싶다.

수박

김지유

수박 먹을 땐 씨가 입속에서 왔다갔다
뱉고 싶은데......

퉤! 겨우 뱉었다.
엥? 빨간색이네?
궁금해서 만져보았는데
물컹물컹 미끄덩미끄덩 수박씨가 아니었구나?
다시 입에 넣고 오물오물 사각사각

아이 맛있다.
먹기 힘들었지만 맛있어!

자연 풍경

김지호

자연 풍경엔 온통 나무
자연엔 풀도 많아

나무는 바람에 흔들흔들
나무가 흔들거리면 흔들 도시락

흔들도시락 재료는
나뭇잎, 나뭇가지, 물, 바람

사계절

신우민

날씨가 서늘한 봄
봄은 꽃이 피는 날씨
나는 봄에 꽃 구경을 하러 가.

날씨가 더운 여름
놀기 딱 좋은 여름
나는 여름에 수영장에 가.

날씨가 시원한 가을
여름의 더위를 식혀주는 가을
나는 가을에 밖에 나가서 놀아.

추워서 눈이 내리는 겨울
눈놀이 하기 딱 좋은 겨울
나는 겨울에 눈싸움을 해.

봄, 여름, 가을, 겨울!
나는 계절이 변해서 참 좋아.

여름방학

박슬아

꽃은 나무에서
사라지고
이제 더운 여름이 왔어

여름엔
메가톤이 최고지

여름방학이니까
실컷 먹어야지

그래도 덥네
에어컨 틀고
또 먹어야지~

복숭아

서이현

복숭아의 종류는 무엇이 있을까?
신비복숭아, 천도복숭아, 그리고 납작복숭아가 있지

복숭아는 어떻게 생겼을까?
하트 모양이고, 안에는 씨가 있고
겉에는 핑크색에서 빨강색,
안은 노란색에서 분홍색이지.

복숭아는 어떤 느낌일까?
말랑말랑한 것도 있고
딱딱한 것도 있지.

복숭아는 어떤 맛일까?
복숭아는....
시원한 맛, 마시멜로우 맛, 그리고 복숭아맛......
정말 맛있는 맛이지!

해바라기

엄소민

푸른 하늘
푸르고 푸른 잔디밭
노란 해바라기 중에
무엇이 가장 예쁠까?
노란 해바라기지!

노란 해바라기 밭에 누워 있으면
침대에 누운 것처럼
편안할 것 같아

해나라기 잎 하나 떼면
보들보들하고
참 향기로울 것 같아

해바라기야,
네가 바라는 데는
어디까지니?

기역자 나무

강세종

생태체험에서 봤던
기역처럼 생긴 나무
기역글자에 나무가 자란 것 같네

기역처럼 생긴 것 뭐가 있을까
바로 앉는 사람!

또 뭐가 있을까
바로 뱀
뱀은 기역자를 만들 수 있지

뱀은 길어 길면
기역자 나무

기역자 나무는
특별해

계곡 간 날

김규한

아침에 일어나서
밥을 먹고 버스타고
계곡 근처에 내렸다가
앗!
돌에 걸려 넘어졌다.

다행히 약국이 있어서
밴드를 붙였다.

드디어 계곡에 왔다.
계곡에서
조그마한 물고기를 잡고
연한 갈색 소금쟁이도 잡았다.
돌아오는 길에
맛있는 조개도 먹었다.

다음에 또 가고 싶다.

제주도 갯벌

박하진

말타는걸
포기하고 가 본
제주도 갯벌

엄청 많은
조개, 새우, 망둥어, 다슬기
모조리 다 잡았는데

조개 밖에 못먹어서
아쉬웠던
제주도 갯벌

수박씨

이주희

시원한 수박
맛있는 수박
앙! 깍!
으악! 수박씨를 깨물어버렸네

우웩! 뱉었다.
다시 수박을
냠냠 쩝쩝 다 먹었다.

"엄마 수박 더주세요~"

으악! 이건 수박씨가 너무 많
이 들어있잖아~
용기를 내서 먹으려고 하는데
또 수박씨가 많이 들어있네.
아이 짜증나!
수박씨 나뻐! 흥!

가을

이하람

가을에는 단풍잎이 바삭바삭
가을은 쓸쓸하다

가을에는 다람쥐가 나온다
가을에는 먹을게 땅에서 자라난다

가을에
나는 산에 가서 다람쥐를 만지고 싶다.
가을에
나는 산에 가서 다람쥐 먹이를 주고 싶다.

얼음은 녹아

정윤찬

얼음은 녹아
녹으면 아이스크림
아이스크림은 맛있어
맛있으면 과자
과자는 동그라미야
동그라면 피자
피자는 맛없어
맛없으면 똥!

비가 내리는 날

조민규

어? 비가 내려요
나는 아빠랑 밖에 나가서
물웅덩이를 첨벙첨벙 밟아요.
집에 돌아와 몸을 씻고 밥을 먹어요.

그날은 엄청 재미있었어요.

봄은 참 좋은 계절이야

박수영

봄바람이 솔솔
흔들흔들 벚꽃나무
살랑살랑 귀여운 강아지 꼬리 같다.

자전거타고 랄랄라
봄은 참 좋은 계절이야.

앗 갑자기 30도까지 올라가네
벌써 여름이 왔나봐
봄은 너무 짧아 너무 아쉽다.

그래도 봄은 좋다.
봄은 참 좋은 계절이야.

김지호 〈별들의 밤하늘〉

제 2부
캠핑
– 우리들의 일상

김규한 〈멋진 케이크〉

캠핑

박슬아

캠핑은 재미있어

캠핑가서
벌에 쏘이면 무섭지
너도 그렇지?

네가 길을 가다가
똥을 밟으면
어떻게 하지?

마시멜로를 먹다가
비가 오면 어떻게 해?

나는 그래도 캠핑을 갈거야
왜냐면
나중에 어른이 되면
모든 게 추억이 되니까

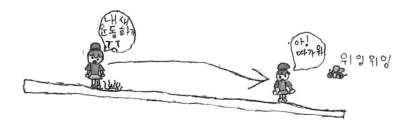

꿀벌

이주희

차가운 얼음물을
먹으려 하는데
꿀벌이 윙~ 날아와서
악! 놀랬다.

차가운 얼엄물이
내 무릎에 쏟아졌다.
앗! 차가워!
저 벌!
다음에는 가만두지 않을 거야

윙~ 또 왔네
훠이 훠이~

내쫓아야지!
훠이~ 훠이~

꿀벌아!
다음에는
우리집에 절대로 오지마!
안녕~

모기

이건호

윙윙
이게 무슨 소리지?
모기잖아!

이 나쁜 모기
저리가!

모기가 어디갔지?
쪽쪽

이건 또 무슨 소리지?
뭐야!
내 피를 빨고 있잖아!
철썩!

모기는 싫어!

도넛츠

최지호

내가 좋아하는 도넛츠
쫄깃쫄깃 맛있는
도넛츠

항상 먹고 싶은 도넛츠
아~ 빨리 먹고 싶다

제주도

이태린

여긴 제주도!
제주도에 오면
돌하르방이 제일 인기가 많지
하르방하르방 돌하르방
넌 왜이렇게 인기가 많니?

또 제주도 하면 한라산이지
한라산 한라산
너도 왜 이렇게 인기가 많니?

알씨카

강세종

내가 좋아하는
탱크 알씨카를 가지고 나가볼까

하지만
우리집 앞에 있는
어린이집 동생들이
무서워하면 어떻게 하지

이제 꺼야겠다

그런데 동생들이 보여달라고 하네

참 용감하다

기차

이주희

칙칙폭폭
기차가 달려간다.
어? 갑자기 기차가 멈추려고 하네
어디에서 멈출까?
사람들이 많은 도시역에서 멈추지

이제 기차역에서
사람들을 태우고 어디로 갈까?
사람들은 시원한 수영장에 가고 싶을거야
수영장역에서 끼익~

만약 우리 아빠가
기차 운전사라면
아빠한테 서울대공원역으로 가자고 할거야

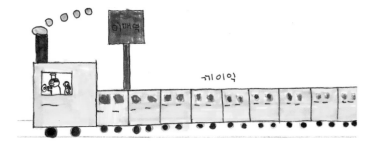

받아쓰기

김규한

받아쓰기 할 때

아깝게

쓰기를 틀렸다.

기분이 안좋다.

롯데월드

이설

롯데월드를 갔다.
오랜만에 가니까
떨렸다.

이번 롯데월드의
TOP 1은
바로 바이킹!

츄러스까지
먹으니까
내 기분 최고!

다음에는 친구랑 와야지!

치킨 가게

김지호

치킨을 먹으면 바삭바삭
치킨은 최고야

치킨 너겟은 껍질이 부드러워
양념을 찍어도 머스타드를 찍어도 맛있어

치킨에다가 마요네즈 밥을 더하면
치킨 마요 덮밥

치킨은 정말 최고야!

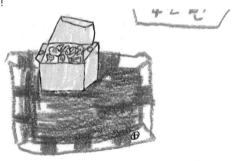

동그란 것

서채범

공이 동글해.
공기청정기가 동글해.
시계가 동글해.
사과가 동글해.
얼굴이 동글해.
접시가 동글해.

오늘의 급식

박하진

후르츠칵테일
양념치킨
짜장면
돈까스

이 모든게
오늘의 급식으로 나오면
맛있겠다.

나는 원래 잘 먹는데
이게 나오면
세 번은 먹을 수 있겠다.

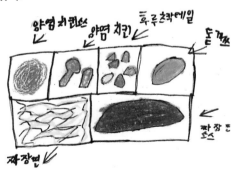

채소는 싫어

정윤찬

당근은 싫어
완전 싫어

호박은 싫어
정말 싫어

가지는 싫어
엄청 싫어

채소는 싫어
싫어 싫어 싫어 싫어 싫어

여행을 떠나요

김소형

비행기를 타고 창문을 봐
우와 세상이 작게 보이네!

호텔에 들어와보니
여기 정말 좋구나
마음이 두근두근

맛있는 음식을 냠냠

정말 재미있다.

집으로 돌아가기 아쉬워!

버스를 타고

김지유

버스는 덜컹덜컹
내 가슴도 덜컹덜컹

버스가 힘들어서 땀을 뻘뻘 흘려요
나도 멀미 때문에 땀이 주르륵 흘러요

버스가 힘들어서 잘 못가요.
나도 힘들어서 잘 못움직여요.

앗! 도착했다!
휴, 힘들었다.

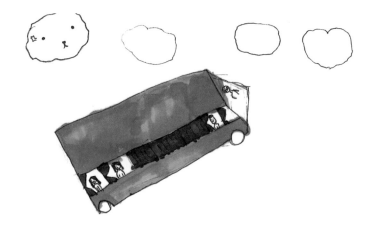

44

내 생일에 하고 싶은 것

이하람

내 생일에
고양이를 갖고 싶다.
친구를 초대하고 싶다.
아이스크림 케이크를 먹고 싶다.
친구가 내 집에서 자면 좋겠다.

내 생일에
학교랑 학원은 안갔으면 좋겠다.

나는 내 생일이 좋다.

처음으로 자전거를 탈 때

박시유

처음으로 자전거를 탈 때
기분이 좋았다.
그리고 여기서 계속 타고 싶었다.
자전거를 탈 때
조금 넘어지기도 하고 그랬다.
하지만 자전거는 좋다.

제 3부
나무
- 나만의 계절

서이현 〈책을 좋아한 토끼〉

나무

엄소민

따뜻한 햇살을 받으며
쑥쑥 크는 나무

사람들의 사랑도 받으며
더더욱 크는 나무

시원한 물도 받으면
아주 많이 크는 나무

살랑살랑 바람도 받으면
멋지게 크는 나무

나무야 나도 너처럼
키가 커질래

나무야 사랑해

장마

박수영

장마는 싫어.

친구들이랑 놀이터에서 놀 수도 없고
창문을 열면 축축한 공기도 있고
차를 타고 싶은데 세차한 것 처럼 축축하고
할 수 있는게 없잖아.

장마는 너무 싫어.

큰일이네.
장마가 끝나면
무더위가 와.
하~ 어떻게 하지?

계곡

강세종

졸졸졸
계곡물이 흐르네
바람도 흐르네

앗 차가워
차가운 계곡
물이 또 흐르네
앗 찝찝해
물 묻은 흙도 있잖아
앗! 저기 벌레도 있잖아

그래도 계곡은 상쾌해

등산길

조민규

아빠랑 동생, 엄마랑 등산할 때
아빠가 쓰러져있는 노루를 봤다.

나는 멧돼지가 있는 줄 알았다.
그런데 노루가 굶어죽은 것이었다.

그래서 다행이다.

바로 컷!

김하유

불개미 대 불독개미
불독개미 침 맞아
바로 컷!

전갈 대 지네
지네 머리 독침 맞아
바로 컷!

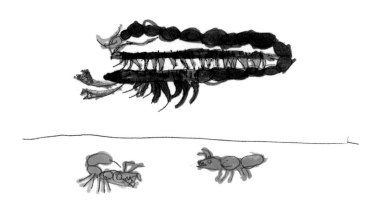

새 싸움

이건호

새가 싸운다.
휙휙
푸드덕 푸드덕

전에는 물고기랑 물고기가 싸우더니
이번에는 새가 싸운다.

내가 새였다면
도망가고 싶다,
나는 싸우는게 싫다.

오랑우탄

박하진

오랑우탄을 처음 보니
원숭이 같았어요

오랑우탄은
시끄러워요

오랑우탄은
똑똑해요

오랑우탄을
또 보고 싶어요!

바다

김지유

바닷물은 파랑색
바다 모래는 노랑색
파랑색과 노랑색의 조합은 최고야!

튜브타고 꿀렁꿀렁
물속으로 잠수하면
물고기가 팔딱팔딱
바다는 참 재미있다.

도토리

이하람

도토리는 떼굴떼굴 굴러간다.
도토리는 동글동글하다.
도토리는 매끈매끈하다.
그래서 나는 도토리가 좋다.

좋아요!

서채범

나는
펭귄이 좋아요!
고래가 좋아요!
해마가 좋아요!
해파리가 좋아요!
문어가 좋아요!
거북이가 좋아요!

등산길

고도윤

높은 산을 올라가는 동안
다리가 아팠다.

그러면 가다가 쉰다.
쉬면 쉴수록 다리 아픈데가 편해진다.

그리고 다시 올라간다.
가족이랑 가니 너무 좋다.

빨리 정상에 올라가고 싶다.
정상에서 멋진 풍경을 보고 싶다.

구름이 좋아

김소형

난 구름이 좋아
구름은 위에 올라가서 뛸 수 있을 것 같아

난 구름이 좋아
내 얼굴처럼 맑아

난 구름이 좋아
구름은 구름마다 무슨 모양이 생기잖아
그래서 정말 신기해!

난 구름이 좋아

특별한 수박

박하진

수박은
아주 특별한 특징을 갖고 있어요!

수박은 씨도 있고
겉은 초록색이지만
안은 빨간색이라고요!

그대신 조심해요.
수박씨를 씹으면 위험하니까요!

따그닥!!

꽃들이 활짝

최지호

꽃이 활짝

개나리도 활짝

장미도 활짝

무궁화도 활짝

내 웃음도 활짝

냥이 수영장

난 검은 냥이가 되어
수영을 하고 싶다.
물고기도 잡고 싶고
물 안도 보고 싶다

그러면 재미있는
검냥이 수영장~

우리들의 자연

신우민

풍성한 나무,
풍성한 잎,
풍성한 자연

예쁜 꽃,
아름다운 색깔,
아름다운 자연

초록색 풀,
초록색 산,
초록색 자연

우리들의 자연,
예쁜 자연
아름다운 자연을 지켜야지.

나는
재활용 분리수거부터 잘해야겠다.

여름은 왜 더운걸까

정윤찬

여름은 왜 더운걸까?
너무 더워서 내가 녹아 내일 것 같아
여름이 덥지 않고 시원하면 좋겠어
제발 여름이 조금 시원해졌으면 좋겠어!

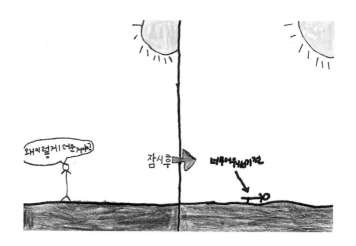

그건 줄 알았는데 그게 아니었어

김하유

바닷가 갯벌에서
민달팽이로 추정되는 걸 봤는데
그게 아니었어

그건 고동 친척인데
조금 더 크고
물컹물컹하고
고동처럼 죽은 애를 먹는다

고동 친척,
너 참 신기하다!

제 4부
라면
– 아홉 살의 감성

김지유 〈책 박물관〉

라면

이건호

라면은 맛있다.
뜨거우면서도 맛있다.
후루룩 후루룩
맛있는 라면

얼마든지 먹어도
질리지도 않는
길쭉길쭉한 라면

그중에서도
스낵면이 최고다.

수박

박슬아

수박은
시원해

수박은
마치 에어컨 같아

수박을
먹으면
바닷가에 가는 것 같아

수박은
어떻게 보면
예쁘기도 해

수박은
커서 좋아
많이 먹을 수 있거든

수박은
멋쟁이야!

키위

이주희

집에서 키위를 먹고 있다.
키위를 숟가락으로 푹~ 파서
먹어볼까?
어? 달달하네

또 먹어야겠다
푹~푹~
또 달달하고 맛있어
나는 계속 푹-푹-파서
맛있게 먹어야지

키위를 다먹었어
근데 이빨에 뭔가
끼인 느낌이 나네

낀게 아니라
이가 썩은 것 같잖아!
우왁~
그냥 키위씨였네!

새똥

박하진

으악!
새가 내 머리에
똥을 쌌어요.

그 새!
다시 만나면
가만 안둬!

어?
근데 내 똥이
마렵네
집에가서 똥 싸야
지

어?
근데
변기가 고장났네
망.했.다.

횟집

김지호

회는 굽지 않았지만 맛있다.
회는 물렁물렁하고 맛있다.

회는 연어가 제일 맛있다.
초밥으로 먹으면 더 맛있다.

나는 연어를 먹으면 행복하다.

알사탕

엄소민

내 입에서 데굴데굴
내 입에서 달콤달콤

몇 분 있으니 사르르 녹는 알사탕

친구와 함께 먹으니 더더욱 맛있고
친구와 화해하고 먹으면 더더욱 새콤달콤

누군과 함께 먹으면
더 사르르 녹는 알사탕

쉬는 날

정윤찬

쉬는 날은 좋다
왜냐하면 학원을 안가도 된다
그리고 게임을 할 수 있다
친구들과 많이 놀 수도 있다

쉬는 날은 정말 좋다

풍선껌

이태린

새콤달콤
맛있는
풍선껌!

껌을 먹다가
풍선을 불고
터지면 펑!
아이 깜짝이야!

자꾸자꾸 불어도
자꾸자꾸 펑! 터지는
풍선껌!

앗!
내 입에 껌이 붙었잖아!
으악 안돼!

7월 11일

김규한

오늘은 내 생일!
눈 뜨자마자
엄마랑 할머니가
미역국을 끓여주셨다.

다 먹고 난 후
엄마가 선물을 주셨다.
선물이 포켓몬카드다.

기분이 좋다!

무당벌레

박시유

하늘이 화창한 날
공원 의자에서
무당벌레가 죽은걸 봤다.
너무 징그러웠다.

무당벌레는 어쩌다 죽었을까?
추워서 죽었을까?
아니면 누가 밟아서 죽었을까?

다음번에는
무당벌레가
안죽은걸 보고 싶다.

싫어싫어

강세종

싫어싫어 미역 싫어
싫어싫어 버섯 싫어
싫어싫어 오징어 싫어

내가 싫어하는 것
다 찾았다!

받아쓰기

박수영

어렵다 어려워 받아쓰기
틀렸다 틀렸어 받아쓰기

아무리 읽어봐도 틀렸네 맞춤법
아무리 다시 써봐도 틀렸네 맞춤법
자꾸자꾸 도망가네 마침표

다시보자 맞춤법
다시보자 띄어쓰기
다시보자 마침표

와 드디어 다 맞았다.
그런데 내일이면 또 틀리겠지?

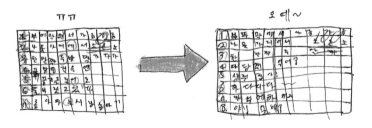

랜덤박스

조민규

랜덤박스 랜덤박스
뭐가 나올까?
맛있는 간식이 나오면 좋겠다.
아니 아니야!

랜덤박스 랜덤박스
뭐가 나올까?
재미있는 스피너가 있으면 좋겠다.
아니 아니야!

랜덤박스 랜덤박스 뭐가 나올까?
멋있는 포켓몬 피규어가 나올꺼야.
앗 내가 싫어하는 피규어가 나왔다.
힝!

마시멜로

맛있는
마시멜로

불에 구워먹으면
아! 따뜻해

그냥 먹어도
말랑말랑 맛있어

핫초코에 넣어 먹어도
달콤달콤 정말 맛있어

말랑말랑, 폭신폭신
너무 맛있는 마시멜로

감자튀김

엄소민

바삭하고 고소한 감자튀김
케첩에 찍어 먹으면
진짜 맛있는 감자튀김

친구랑 먹으면
너무너무 맛있는 감자튀김

쫄깃쫄깃 말랑말랑
소민버거랑 먹으면
더 맛있겠다!

깁스한 날

김규한

오늘은 어린이날 전 날,

악!
다리가 아파서
병원에 갔다.

흑!
다리에 깁스를 했다.
학교 급식에
미니 불고가 버거가 나오는데
못먹어서 속상하다

얼른 나아야지!

내 친구 이현

최지호

이현이는 뭐를 잘할까?

종이인형을 잘 만들어
만들기를 잘하네

또 뭐를 잘할까?
보드게임도 잘하는구나
종이 집도 잘 만드네

이현이는 잘하는게 많네!

레고랜드 바이킹

김지호

바이킹을 타기 전엔 두근두근

이제 시작!
와~~~~~! 재밌어.
뒤로 간다!
꺄~~~~~! 재밌어.

엄마아빠가 탈 때는
무서워~~~

바이킹을 타고 나면 기분이 좋다.
이제 집에 가자!
오늘 하루 재밌었다.

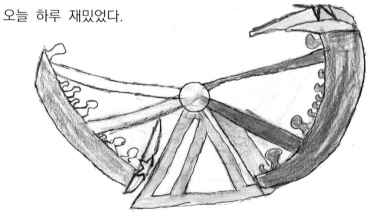

뚱뚱한 것은 뭐가 있을까?

서채범

뚜앙,
산타,
고래,
문어,
펭귄,
돼지!
모두 뚱뚱해!

제 5부

할머니

– 따뜻한 가족과 함께

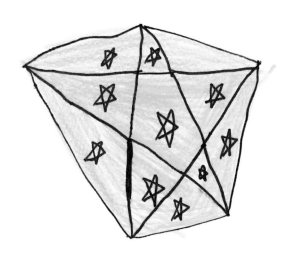

박하진 〈은하수반〉

할머니

신우민

할머니가 우리집에 오시면
등산을 한다.

할머니가 우리집에 오시면
나랑 같이 놀아주신다.

할머니가 우리집에 오시면
맛있는 밥을 해주신다.

할머니가 우리집에 오시면
난 기분이 좋다.

할머니 또 우리집에
언제 와주실 거에요?

바다

고도윤

여름에는 바다에 가고 싶지
바다에 가서 모래로 성도 쌓고
맛있는 것도 먹어야지

그리고 쉬기도 하고
게임도 해야지
그 다음엔 튜브도 타고 재미있게 놀아야지

그리고 손닦고 사진찍고
돗자리 깔아서 누워있으면 마음이 편해져
하늘도 파랗고 바다고 파래서

바닷가

이태린

와! 바닷가다!

바닷가에 가서
모래놀이도 하고
바닷물에서도 놀고

아얏! 바닷물에 있는
모래에 쓸려서 다쳤네
아이 아파!
다음부터 조심해야지

그래도
바다 덕분에
재미있었으니깐 봐줄께!
바닷가야!
여름에 또 만나자!

가족 여행

박시유

태국 여행을 가서
기분이 설렜다.
그 때 너무 더웠다.

수영장에 들어가니
내가 얼음이 된 것 같았다.

가족여행을 또 가고싶다.

똑 닮은 우리 가족

박수영

나와 엄마는
머리 길이가
참 닮았어요.

나와 아빠는
눈이 똑 닮았어요.

나와 동생은 모습이
참 닮았어요.

우리 가족은
참 닮았어요.

우리 강아지 머랭

김지유

머랭은 먹보,
머랭은 뚱보,
머랭은 귀여워
머랭의 마음은 정말 따스해
머랭의 향기는 정말 향기로워

머랭은 잘하는 게 많아
하지만 못하는 것도 있어

나는 반려동물 중에
우리 머랭이 제일 귀여운 것 같아

장보는 날

이설

하얀 옷 입고
파란 바지 입고
빨간 장바구니 들고
밖으로 나가요

키가 큰 나무랑
아파트를 지나고요
줄무늬 옷 같은
횡단보도도 건너요

드디어 마트에 도착했어요

엄마랑 장보는 건
언제나 즐거워요

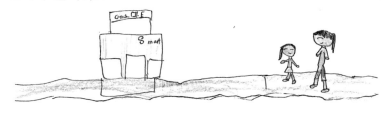

베트남 여행

조민규

베트남에 갔다
거기서 수영도하고 맛있는 것도 먹었다

배를 타고 섬에 갔다
섬에는 재미있는 것이 참 많았다.

거기서 3일이나 있었다

배 타는 것이 제일 재미있었다
배를 탈 때
바다로 떨어질 것 같았다

바다동물 가족

서채범

아빠는 고래 같아
왜?
크고 멋지니까

엄마는 북극곰 같아
왜?
하얗고 추운 곳을 좋아하니까

나는 펭귄같아
왜?
뒤뚱뒤뚱 걷고 귀여우니까

우리 가족은 바다동물 가족

가족 캠핑

박시유

캠핑을 가서
우리는
선물을 받았다.

과자도 먹고
아빠랑 방방도 탔다.
재미있었다.

농구도 했다.
아빠는 농구를 잘한다.
고양이도 봤다.
그 고양이 이름은 꿀냥이다.

캠핑은 재미있어!

가족 나들이

최지호

돗자리 펴고
토스트 먹어야지
우리가족과 냠냠
다 먹어야지

운동도 해야지
씽씽 자전거 출발~

지호야 정호야
집에 가자~

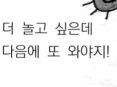

더 놀고 싶은데
다음에 또 와야지!

재미있던 여행

박선율

그림 그렸던 키즈카페

할머니에게 수영을 배웠던 수영장

맛이 없었던 똠얌꿍

호텔에서 재미있던 마인크래프트 게임

차를 많이 타서 짜증났던 날

멋진 추억이 되었다.

사랑하는 마음

강세종

사랑은
아빠가
내게 장난감샀으면 좋겠다고
미션을 주시는 마음이에요.

사랑은
엄마가
문구점에
자주 데려가주시는 마음이에요.

사랑은
내 동생이
짜증나긴 해도
괜찮은 마음이에요.

경주 가족여행

김규한

오늘은 경주 가는 날!
택시타고 맥드에서 아침먹고 SRT를 탔다
게임하면서 신나게 출발!

2시간 지나서 열차에서 내렸다.
점심먹고 신나게 첨성대를 구경했다.
첨성대 모양은 멋지고 신기하다.

재미있던 가족여행

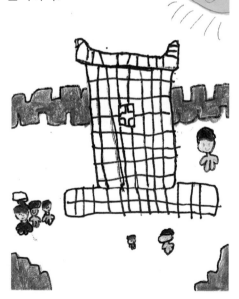

똑 닮은 언니와 슬아

박슬아

나와 언니는
참 닮았어요.
머리색도
닮았어요.
단발인 것도
똑같아요.
물통을 안들고
다니는 것도
똑같아요.
우리 둘은
똑같아요.

치과가기는 싫어

조민규

치과에 도착했다
치과에 오자마자 치료하는 소리가 들렸다

나는 치료하지 않고 싶었다
엄마가 치료를 하라고 했다

윙~ 기계 소리가 들렸다
조금 아팠다
드디어 치료가 끝났다
어금니가 싹 나아졌다고 했다

치료를 하고
엄마가 맛있는걸 사주셔서
기분이 좋아졌다

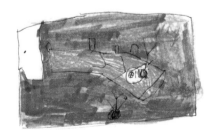

울 귀요미 봄이

이태린

우리 귀요이 봄이
고모네 강아지 봄이

우리 봄이는 손도 잘 주고
너무너무 귀엽다.

봄이한테
'빵야~!'도 알려줘야지

장난감도 던져주고
사료도 주고
물도 주고
'앉자~!'도 가르쳐 주자

봄이야~
다음에도 내 말 잘 듣기다?!
약속하는거다!

약속!

제 6부

우리반
– 친구들과 함께

이태린 〈우리반〉

우리반

정윤찬

우리반은
보드게임이 많다.

우리반은
책이 많다.

우리반은
다른 반이 안해봤던 활동을 많이 했다.

그중에서도
갤럭시 탭이 제일 재미있었다.

나는 우리반이 좋다.

고도윤

박선율

고도윤은 내 친구다.
좋은 친구다.

어떻게 친구가 되었는지
나도 모르겠다.

그냥 뭐하다가
친구가 되었다.

고도윤이 좋다.
좋은 친구다.

학교

이하람

학교가 마치면
그 다음날이 방학이면 좋겠다.
학교에 가면 공부만 하고
점심 시간엔 급식 맛이 없다.
학교 가고 그 다음날이
병원 가는 날이면 좋겠다.

왜냐하면 학교를 안가니까

거짓말

김하유

-야! 볼펜으로 한번 동그라미 그려봐

알았어.
됐어.

-자, 이제 개미를 넣어

알았어.
됐어.

-그럼 이제 탈출 못할거야

야! 탈출했잖아
잡히기만 해봐라. 가만안둬
아야 아프잖아 개미가!

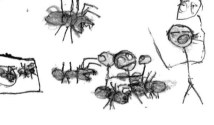

그리기

이주희

나의 그리기 실력이
좋지는 않지만
나는 그리기가 좋아

어? 그리기 실력이 느는 것 같아
내가 봐도 내가 천재~ 라고 생각했는데
잉~ 친구들이 내그림이 좋지 않대
난 속상해~ 으앙~

그래도 신경쓰지 않을거야~
나한테만 집중하고
그림을 그릴거야~ 룰루랄라~

3D펜

박슬아

3D펜은 마술사

왜냐면
뭐든지 다 만드니까

오늘 하루가 가기 전까지
꼭 멋진 작품을 만들거야

아빠 이름표를 만들어서
아빠한테 선물해야지

학교에서

이설

학교에서 하는 것은
받아쓰기, 게임 배우기,
쉬는 시간 놀기 등등
여러 가지를 한다.

학교에서는
내가 좋아하는 것만
하는게 아니다.

학교에서 우리반은
4교시가 끝나면
밥을 먹는다.

학교에서
내가 좋아하는 과목은 창체다.
창체 중 동아리 활동은
언제나 좋다.

시 쓸 때

시 쓸 때
어떤걸 쓸지 고민이 된다.
시쓰기는 어렵다.

시는 글쓰기 실력을 늘려준다.
시는 재미있게 쓰면
사람들이 좋아해 준다.

시는 좋은 것이다.
시는 안좋은 것이 아니다.

열심히 생각해 봐야지.

보드게임

이건호

우리반은 보드게임이 많다.
어느 반도 보드게임이 많이 있지 않다.

낄낄낄 깔깔깔
재미있는 보드게임

스머프가 가장 재미있다.
져도 상관이 없다.

은하수반

김소형

은하수반은

하하하하 웃어

수학 시간에도 하하하하 웃어

생태체험

이 설

오늘은
생태체험 가는 날

가만히 서서
들어본 숲의 소리
새소리가 피리 소리 같아

친구랑 먹은
과자는 정말 맛있어

다음에 생태체험
또 오고 싶어

우리반

엄소민

우리반은 멋쟁이처럼 반짝반짝 빛이 나.

리본처럼 길고 키가 큰 선생님도 있어.

반짝반짝 은하수반은 최고야!

우리의 학교

최지호

우리반은 보드 게임이 많지
그래서 심심할 때 보드게임을 할 수 있지
우리 학교는 밥이 맛있어
그리고 학교가 넓어
또 친구들이 착해서 좋아
우리 학교 도서관에는 책도 정말 많아

나는 우리 학교가 참 좋아!

친구 박선율

고도윤

친구들은 나를 재미있게 해줘
특히 선율이
선율이는 나랑 잘 놀아주거든
그래서 나도 선율이와 잘 놀고 있어

그리고 시유도 있어
시유도 함께 잘 놀지.
선율이와 시유가 있어서 나는 좋아.

우리 앞으로도 친하게 지내자.

여름의 놀이

신우민

여름의 놀이 축구
신나게 공을 차는 축구

여름의 놀이 수영
시원한 수영

여름의 놀이 물총놀이
재미있게 쏘는 물총놀이

신나고 시원하고
재미있는 여름의 놀이

나는 여름의 놀이가
참 좋아요!

재미있는 내 친구들

박수영

슬아는 착하다
슬아는 좋다
슬아는 단짝이다

태린이는 영어를 같이 간다
태린이는 재밌다
대린이는 개그맨같다

우민이는 힘이 세다
우민이는 달리기를 잘한다
우민이는 밥을 많이 먹는다

우리반 애들은 모두 좋다

독서록은 왜 써야 하는 걸까!

이건호

독서록은
왜 써야할까?
손만 아픈 것 같아
독서록은 싫어!
벌써 43권이나 썼는데
얼마나 더 써야하는거야!

손만 아프라고 쓰는걸까?
아니면
한글을 더 배우라고 쓰는걸까?

아니야.
지금 배운 것만으로도 충분해.

독서록
도대체 언제까지 써야하는걸까!